在水一方

呼吸武汉四十年

李强 著

长江出版传媒 长江文艺出版社

李强，公务员，经济学博士，中国作家协会会员。读诗、写诗四十年，在《星星》《诗刊》《人民文学》《草堂》《扬子江诗刊》《长江文艺》《芳草》《中国诗歌》等书刊发表诗作数百首，出版诗集《感受秋天》《萤火虫》《山高水长》《潮水来了》。2015年10月起设立微信诗歌公众号"湖畔聆诗"，迄今已发表新作260期，诗逾1000首。追求有意义与有意思的统一，喜欢干净、明亮、温暖的表达，乐此不疲，不知老之将至。

自 序

距离产生美，时间产生距离，呼吸武汉四十年，产生了《在水一方》。

四十年，一瞬间，从喻家山下的华中工学院南一舍，漂移到汉口江滩旁的市政府三号楼。忽南、忽北、忽西、忽东，忽工、忽学、忽僚、忽官。辛弃疾诗云：少年不识愁滋味，爱上层楼，爱上层楼，为赋新诗强说愁。而今识尽愁滋味，欲说还休，欲说还休，却道天凉好个秋。

年年立秋，今又立秋，长江龙王庙水位今天凌晨退出了警戒水位。开完调度会，去了长江"十年禁渔"值守点，过月亮湾，过平湖门，过杨泗港，过铁门关，过龙王庙……在水一方，风吹过，雨淋过，我曾经呼吸过，奔波过，彷徨过，用诗歌记录过。

李强

2020 年 8 月 7 日

目　录

辑四　这是我美丽的江大

辑一

在水一方

在水一方

黄花涝
不见黄花
黄花移民天门
白沙洲
不见白沙
白沙落户阳新

斗转星移
沧桑大地
鹦鹉洲头的鹦鹉
黄鹤楼上的黄鹤
去了哪里
祢衡与崔颢匆匆来去
来不及揭穿谜底

龙王庙
不见龙王
见一缓坡、一矮楼
三五梅花桂花
轮回开了谢了
白鸽子、灰喜鹊
结伴来来去去

2020-07-15

地理课

长青不是常青
中间隔条张公堤

李家集不是李集
中间隔着滠水和倒水

沙河看不见沙湖
盈盈一水间
默默不能语

凤凰山、凤凰巷、凤凰镇
风、马、牛不相及
疑似等边三角形

金口与金水
倒是一母所生俩兄弟
哥俩一争吵
江夏不好了

2020-07-23

礼拜湲水

从河口出发
谁家的少年
执意南下湲口
九十公里
风餐露宿
也许走了一天
也许走了一夜

走吧
路途并不孤单
梅店的野小子
赶来汇合
院基寺、夏家寺的小沙弥
偷跑过来更多
还有打西边来的
赤条条的
不用问
肯定来自沙河

过坝，过闸，过双凤亭
过不甘心与不容易
过女英雄与老水手的传说
在陡马河边

谁把栏杆拍了三遍

惊动了晓风残月

灰白鸥鹭

黄绿波澜

2020-07-03

话说新洲

倒水、举水
大别山的两行泪
清澈、苦涩
湿润了母亲的
脸庞与衣裳

多好！忘不了
有塘，有湖
有店，有街
有集，有埠
有阡陌纵横
有风云传说
有问有答
似乎答非所问
农人与夫子擦肩而过
各有各的活法
各有各的命

有凤凰
家住仙人洞旁
朋友呀
你来新洲
可曾耳闻

可曾目睹

2020-07-09

汉阳树

笨舌秃笔，如我
如何说出
心灵深处的景仰
屈原先生，原谅我
向您借诗句
并且不开借据

后皇嘉树
生南国兮
深固难徙
更一志兮
绿叶素荣
纷其可喜兮

屈原先生意下如何
如他转世
溯江至此
至大汉阳凤凰巷
会不会一改腔调
仿○○后惊呼
哇！此非树
树不能如此
此乃现世的卢舍那佛

2020-07-16

月亮湾

多激烈的爱
多深沉的一个吻

千里迢迢
风尘仆仆
是痴情，还是宿命
是拥抱，还是挣扎
谁能忘得了
谁能说得清

月亮湾
浮想联翩的命名
谁能忘得了
谁能说得清

2020-07-16

在马影河畔

芒种过了
梅子熟了
梅子熟透了
梅雨没有消息

在马影河畔
深紫色梅子落了一地
浅紫色梅子摇摇欲坠
梅雨仍然没有消息

梅雨去了哪里
梅雨去了别处
别处可能有梅子
也可能没有梅子

2020-06-23

向阳花开

麦子开花，稻子开花
流水开花，灶火开花
男女老幼开花
由衷的笑容
人世间最美的花

土生土长的花
漂洋过海的花
扑面而来的花
一步三回头的花
花博汇、木兰花乡、紫薇都市田园
这里还有那里
向阳花开，花开不败
乡里还有城里
芬芳了此山此水此地

2020-06-24

大路朝天

养好孩子之前
先养好母亲
让黄皮寡瘦的土地
吃好，喝好
恢复灵性
村长，你是好样的
有远见
又有耐心

越过江西、安徽、江苏
从舟山群岛
舀来东海海水
养正宗的基围虾
村长，你是好样的
有远见
又有耐心

低洼种荷花
平坡种葡萄
向阳的高地上
种下希望
房前屋后不可荒芜
能长什么就长什么吧

村长，你一声不吭
又在琢磨什么呢

大路朝天
不一样的风景
在江夏区
法泗街
大路村

2020-06-20

美好的一天

洪水猛兽

呼啸而来

吃人不吐骨头

也有低头认罪的一天

昨天上午十时

玉皇大帝降旨

将其发配三千公里

交由东海龙王教育管理

一夜无眠

美好人间

清风起，陈巨飞

坐慢火车

送来惊喜

古训、钟表匠、乡村小戏

发呆的木槿花

使劲扑腾的小麻雀

来自澋河

来自匡冲

来自泛黄的 1993 年

2020-07-14

五月的二月蓝

五月的二月蓝
绿色的海洋
小小的帆
干干净净的海魂衫

声势浩大的舰队
哪里去了
也许去了百慕大
也许去了崖山

谁的帆
谁的海魂衫
五月的二月蓝
蔚蓝色星球
孤独的、唯一的、不容置疑的
蔚蓝色存在

2020-05-21

水一直涨

乱发一通脾气
往往不足以
宣泄完坏情绪
朋友，如果你已婚
你是否赞成

天人合一
雨停了
水还在涨
此地的雨停了
彼地的雨不停
而天底下的水
是串通一气的

你太太的闺蜜
ABCDEFG
是串通一气的

黄花涝
开始捞黄花
苔窝子秘密的孕情
受到干扰
月亮湾不再柳永

不再杨万里
月亮湾惊涛拍岸

水一直涨
刘古塘村的村民们
忍无可忍
在超保证的府澴河
插了一双筷子
警告龙王：我们不怕
你没收了
我们还有饭吃

2020-07-20

八吉府

武昌有省政府
江岸有市政府
青山有八吉府
八吉府比省政府、市政府
大不少哩
20个村
70平方公里

长江从格拉丹东出门
途经大武汉
奔向大上海
依次经过省政府、市政府、八吉府
八吉府有宽阔江滩
依次宽过武昌江滩
汉口江滩

小雪了，大雪了
芦花灰了，芦花白了
白鹭与须浮鸥
结伴回来了
徘徊，起舞，歌唱
这美丽新世界
站在乙烯码头上

你不能分清楚
谁是伯牙
谁是钟子期

比天空更广阔
是人心
比滩涂更广阔
是菜地
白萝卜白，青萝卜青
崇阳村、高潮村
新村、后山村
萝卜多过白鹭
多过须浮鸥
多过过江之鲫
农民有农民的命
萝卜有萝卜的命
不奔走，不操心
三个月
婴儿刚会瞪眼睛呢
八吉府的白萝卜、青萝卜、胡萝卜
就过完了潦草的一生

2020-12-01

听说有萤火虫

听说有萤火虫
在每天不一样的武汉

听说过好多次了
在湖畔、公园、农家小院
这一次
是听刘永东说的
在小雪后的八吉府江滩

芦苇花灰
芦苇花白
白鹭、须浮鸥翩翩起舞
也许有什么神秘力量
也许听说了好消息

听说有地外生命
听说有来世
听说黄河会变成清江
黄鹤会回到长江
听我说，朋友
好消息肯定不止这些

听我说，朋友

疫情会过去的
梦想会实现的
2021 年芒种前后
傍晚最好深夜
来八吉府江滩约会萤火虫吧

2020-12-06

在刘嘴

一

动腿
从天子冲、七里岗、青石桥
牵着木兰湖青绿色衣衫
一路信步走来

动手
交换此刻的
力度与温度
然后各取所需
各得其所

动嘴
来到刘嘴
心照不宣
主要戏份就是动嘴
人有四两

嘴奄半斤
是吧主任、主席
是吧名医、名师

是吧勾肩搭背的
后勤总管与退休人员
江山易改
本性难移呀

二

在亚洲
说到非洲
在木兰湖畔
想起维多利亚湖畔
想起了龙舟赛
想起了王可
王可比我们小
比我们白
他到乌干达三年了
还是比我们白

美好的旅途
总是丢三落四的
从前如此
眼下也如此
我们重走了一回恩德培、坎帕拉
绕开了开普敦、约翰内斯堡
亚历山大、开罗
路过的多哈、亚的斯亚贝巴

约上了王可

丢下了夏婷亚、郭秀丽、欧麦尔

我们找回了埃及雁

金合欢树上的埃及雁

我的、你的还有她的

遗忘了柠檬桉、爆竹花、垃圾鸟

三

后有葱茏

前有荡漾

春天不由分说

抱起了刘嘴

抱起了我们

四片叶子的三叶草

你爱吗

你去找吧

还有芫花

紫白映照

如此素净又妖娆

平凡的世界

有星星点点的杜鹃花

红了

红在木兰姑娘的腮颊上

三两株山莓

发新芽了
从我的家乡龙港
随我来到了刘嘴
有透明的风
从记忆深处吹来
吹动了我
也吹动你们了吗

2021-03-23

天兴洲畅想

长江之子

蝴蝶之心

大武汉一百年、一千年

不变的表情

天兴洲

你可曾留意

可曾涉足

关关雎鸠

在河之洲

说的是天兴洲吗

梅妻鹤子

龙生九子

听说窗外的长江

有 67 个孩子

前头有百里洲、天鹅洲

后头有八卦洲、太平洲

不前不后、不大不小的天兴洲

人们都说你

是个野孩子

不如给它加冕吧

建设长江公园如何

让母亲歇歇脚

让游子上岸停留

让格拉丹冬的星光

大东海的波涛

在此珍藏

让古今对话

让文明变得可持续

让学生们放假

来这里发呆、遐思

寻找未来

让坐轮椅的人眼睛一亮

挣扎着站起来

让白帆串起流云与细沙

让黄鹤归来

成双成对

翩翩起舞

祝贺这美丽新时代

让传说成为佳话

让美梦成真

让沉睡千年的天兴洲

醒来，一跃而起

成为天兴之洲

2021-01-10

唤　醒

用八月江豚的跳跃
唤醒五月的梅花
三月的帆影
一波又一波
热爱武汉的心情

用街头巷尾生机勃勃
月季、紫薇、三角梅
唤醒蓝天白云
在此流连忘返
发誓成为永久居民

用口罩
唤醒眼睛
唤醒观察与发现
看呐！这太平盛世
勤劳幸福的人民
用熙熙攘攘
唤醒放心与繁荣
唤醒警惕
沉甸甸的责任

用好山好水
唤醒千里迢迢

南腔北调
一次次，你我他
心动不已的旅程

用抖音
唤醒扶贫
当然了
八仙过海，各显神通
欢迎参与
欢迎多种方式并行

用李绅
唤醒汗水与土地

饭碗与节俭
五千年呐，如影随形
不安的基因
饥饿的阴影

用镜头与诗歌
唤醒战场
难忘的战斗
看不见的战线
战友还在坚守
硝烟尚未散尽

2020-08-30

素描武汉

两个黄鹂鸣翠柳

一行白鹭上青天

爱心人士杜甫

身处乱世成都

想象盛世武汉

这两句诗

就是证据

李不白说明如下

此乃武汉东亭一带风景

湖北日报、湖北省社会科学院

分居黄鹂路左右

北上 500 米左右

有郁郁葱葱翠柳街

省文联、省作协在此

深居而简出

黄鹂路东去 2000 米左右

即东湖公园正门

水生态良好

白鹭安居乐业

多于牛毛

多于过江之鲫

不能不服杜甫
白描手法
不假渲染
尽得风流

也可以改一个字
一行白鹭上青山，如何
青山的苏先生、刘先生
对此表示欢迎

2021-09-16

万里长江 V 渡

黄鹤飞走了
白露光临了
白鳍豚失踪了
江豚回家了
夏汛接着秋汛
揪心带来安心
风雨后的彩虹
飞架在一桥二桥之间
多壮观，多美丽
无与伦比
无与伦比的安慰
无与伦比的鼓励

风雨后的彩虹
映照了英雄城市
映照了英雄人民
映照了万里长江 V 渡
这勇敢的一小群人

从右岸到左岸
从上游到下游
循环往复，以至无穷
这勇敢的一小群人
以一尾江鱼的姿势

致敬长江母亲
以无言的无畏
注释英雄的含义

万里长江 V 渡
视天堑为坦途
履波涛如平地
渡过了激流、漩涡
犹豫、放弃
疲惫、孤寂
坚持就是胜利
终点就在前面
伙伴就在身边
他们一个个
都是好样的
他们是朋友
更是战友

万里长江 V 渡
搅动一池秋水
惊起一滩鸥鹭
似神龙不见首尾
某个诗人提议
在大武汉的编年史上
应当记载这件小事

2021-09-12

昙华林

六百年光阴

开了又败

败了又开

最好的花期

该来就来

东南风，西北风

该来就来

一朵花开

一朵花败

一千米黑洞

一千米万花筒

螃蟹岬的狼狈

花园山的从容

传说与风景

闲情与生意

约会与意外

等式与不等式

碰撞在一起

昙花与碧玉

黄鹤与烟火

新生与复活

昙华林与昙华林
碰撞在一起

2021-09-05

大东门

关山口吞吞吐吐

吴家湾、马家庄、鲁家巷

旧瓶子倒空了

装了新酒

卓刀泉

四顾茫然

刀呢？泉呢

车过洪山

灿烂迎面扑来

华师比较华工

注重穿衣打扮

隔壁有商场与书店

宝通寺

小隐隐于市

擦肩而过

一次又一次

傅家坡

有长长的缓坡

目测一下

大约 15 度的夹角

也许 30 度夹角

我各门功课中

最糟糕的是数学

雨过天晴

柳暗花明

前面来到了大东门

偌大的大武汉

偌大的十字路口

让一个乡下人

胆战心惊

徘徊不定

北上？东渡

西游？南行

在二十世纪八十年代

某个黎明或黄昏

2021-09-15

凌波门

门外的武汉
门内的大学
进进出出之间
天色渐渐黯然

门外的碧波与曲径
门内的青苔与落樱
四个美美的小伙伴
你一回回约会了谁

门外的盐
分解又化合了
门内的糖
消化吸收了吗

门外的仁者
亲信了吗
门内的智者
杳如黄鹤了吧

2021-09-02

大武汉 1979

巨人半睡半醒，摊手摊脚
好不惬意
平躺在涛声里
躺在山花烂漫的
广袤大地上
它不时抬头，不时翻身
看一看阴晴
继之以雷鸣般的鼾声

两江两山两桥
巨幅山水画
刚刚完成框架
七零八落楼宇
三五成群行人
寄存于泽畔湖滨
颜色若有若无
寄存于偌大空白

水落石出，水漫金山
黄鹤与白帆
相顾无言
天上的海魂衫
地上的海魂衫

相顾无言
光阴是慢的
慢光阴寻找加速度
38 次离汉进京
一路电车下乡返城
风暴正在酝酿
一些故事即将发生

2021-09-13

盾构机之歌

近看像鲨鱼
远望像穿山甲
比喻成变形金刚，不好吗
小朋友更有想象力

最牛地下工作者
大武汉的大功臣
有勇气，有力气
任劳任怨好脾气
一边吃，一边吐
天生一副好胃口

我来了
去你的

过关
过熔岩
过淤泥过顽石
过长江过汉江
过万花筒
过暗物质
长夜漫漫
这里的黎明静悄悄

9 线，240 站，360 公里

到年底 430 公里

29 位无名英雄

埋头苦干

一个个黑汗水稀的

一个个都是国产的

2021-09-16

占山为王

珞珈山、喻家山

马房山、南望山

狮子山、桂子山

从前有座山

山上有座庙

庙里有个山大王

50 年、100 年

梦中依稀慈母泪

山上飘扬大王旗

占山为王

底气何在

左手大楼，右手大师

左手图书馆，右手实验室

谈笑 985，往来 211

抬头碰上双一流

优青、杰青、两院院士

我校以打计算

你馋不馋

天选之城

山水之城

大学之城

世上好语书谈尽

天下名山僧占多

倒车，请注意

此僧非唐僧

非宋、元、明、清僧

西风东渐，面目一新

此僧无非赛先生

2021-09-16

辑 二

武汉来了

武汉来了

一

上帝之鞭呼呼作响

无数生灵夺路狂奔

看呐！好一处两江汇流之地

白茫茫无边无际

他说

她说

他们说

此地甚好

就在此歇歇脚吧

离唐古拉山 3000 公里

离大东海 3000 公里

左眼洞庭，右眼鄱阳

他说

她说

他们说

此地甚好

就在此歇歇脚吧

武汉来了

二

大泽蛮荒
袅袅炊烟
过日子的人

离乡背井
点点孤帆
闯生活的人

一鸣惊人
一飞冲天
不服周的人

九省通衢
四海一家
一方水土养一方人

武汉来了

三

洪水退后
沃野来了

大树倒后
大楼来了

南征过后
北伐来了

硝烟散后
鸽子来了

赞歌唱后
民谣来了

前一页翻过
后一页来了

武汉来了

四

从格拉丹东到吴淞口
6280 公里

从武汉到大武汉
有多少公里
从大武汉到伟大武汉
又有多少公里

从传说到蓝图
有多少公里
从蓝图到现实
又有多少公里

武汉来了

五

问问他
问问她
问问他们吧

那些撸起袖子的人
那些卷起裤子的人
那些埋头苦干的人
那些风雨兼程的人

我在他们之中
我每一次抬头
都看见了彩虹

武汉来了

2017-04-14

武汉 2049

李强还活着吗

我不能肯定

也许他还能睁眼、喘气、活动、写诗

也许诗还像维生素或奢侈品

受人欢迎

武汉还活着吗

我当然相信

他头发会更浓密

皮肤会更光滑

骨骼会更坚韧

他更年轻

他更自信

他的一个举动一个表情

会在世界引起足够大的回声

长江依然澎湃东流入海

有锦鳞闪闪

有白帆点点

黄鹤归来

白鳍豚归来

它们的欢乐与笑容穿越时空

让不同肤色的人们流连忘返

祖国的立交桥更长、更宽、更快

它风雨无阻

它无需等待

它披着缀满鲜花的绶带

光谷之光永不熄灭

它从容诉说光阴的故事

关于敢为人先

关于追求卓越

关于梦想如何破土成笋化蛹为蝶

一个比一个精彩

来来往往，南腔北调

忙碌的人、怀旧的人、好奇的人

在江汉路、在归元寺、在昙华林不经意相遇

不经意相视一笑

他们在找

并能找到属于自己的美好

孩子们在梁子湖与萤火虫一起跳跃、奔跑

老人们在木兰山踏雪寻梅、极目远眺

在 10 月，这个武汉最美的季节

一场全球盛典在天兴洲举办

一定会有这样一天

那会是一场什么样的全球盛典呢

哦，朋友

请原谅

我不太清楚

真不是故意隐瞒

武汉 2049

真的有点遥远

2013-11-30

一点点爱上这座城市

我在少年时走进这座城市
我在远游后回到这座城市
我把父母亲安葬在这座城市
我把青春期安葬在这座城市
这么多年，我彷徨、苦闷、梦想、耕耘
一天天老去
在这悠久、大气、地灵人杰
略显粗糙的滨江之城

我曾在雨天伫立喻家山顶
冥想往事、未来以及爱情
我曾在傍晚散步东湖岸边
带着一天天茁壮的儿子
一天天淡漠的雄心　以后
从一个院子到一个院子
从江南到江北
有一种感悟无法诉说
有一种开始不容稍停

一点点爱上这座城市
当纸鸢高高飘在越来越蓝的天上
当风车稳稳转在越来越高的楼前
当上下二桥极目江天的辽阔

当走遍三镇聆听百姓的欢欣
当一种沉甸甸的责任
教我懂得并珍惜
坚定、执着、可贵的默默无闻

关于这座城市我知道多少
为了这座城市我做了多少
爱她的人
穷其一生
也没有止境

2004-07-26

等等我呀，武汉

怯生生地
牵着母亲的衣角
上跳板
坐轮渡
从汉阳门
到王家巷
天低吴楚
汉口巍峨
哦，武汉
我有点怕你
那么宽的路
那么多的车
过街好比过关
我有点喜欢你
两分钱的冰棍
三分钱的雪糕
都是我喜欢的

15 路车从关山口到汉阳门
16 路车从汉阳门到任家路
弟弟去见姐姐
姐姐来看弟弟
这大约走了个之字形吧

灰房子

红房子

梧桐树

惊起的鸽子

稻穗还有藕花

青春寄托在青春的记忆里

14路车从博物馆到汉阳门

哦，离不开的汉阳门

先是一个人

再是两个人

然后是三个人

哦，武汉

如果说

我不爱你

不如说

我不爱我自己

武昌17年

汉口15年

汉阳4年

等等我呀，武汉

美好的画卷

次第展开

我曾在画中迷路

曾经流连忘返

曾经挥汗如雨

穿针引线

绣花

绣高楼

绣 CBD

绣宜业宜居

绣每天不一样

绣武汉 2049

不知老之将至

匆匆走近耳顺之年

等等我呀，武汉

3500 年了

黄鹤老了

白鳍豚也老了

你总也不老

伯牙老了

李太白也老了

你总也不老

你抖擞精神

你坚定自信

大步流星

等等我呀，武汉

我要跟上你

跟紧你

借你的光芒

照亮自己的下半生

2018-09-10

说吧梅花，说吧武汉

穷人家出身
空着手
就出门了
找块墙角、堤角、山坡地
就安家落户了

能忍
忍饥饿、冷漠
突如其来的厄运
一连串的磨难
譬如刚刚过去的
不忍回首的
庚子年

敢呐喊
在萧瑟中
在禁锢中
惊天动地一声呐喊

芬芳四溢一声呐喊
蜜蜂听见了
狗尾巴草、三叶草听见了
梅园与梅岭

在除夕夜醒来
亲爱的武汉
在初一一大早醒来
一头撞开了崭新的春天

2021-02-12

樱花与樱桃

风给大地抹上口红

雨挟持青春

长出青春痘

再晚一点

晚到四月

曹雪芹讲过的故事

又讲了一遍

听话的林妹妹白了红了

哭了笑了

还是嫁了

成为幸福的宝姐姐

倔强的林妹妹不言不语

心事重重

在黎明或黄昏离家出走

不知所踪

在四月

在樱桃沟，在珞珈山

在祖国大好河山

小小的褶皱里

樱花挽起樱花

说起樱言樱语

樱桃抱着樱桃

抱着青与涩

小小的美好

小小的不甘心

2019-06-28

栀子花开

恍惚的端午节，眼睁睁的一幕

不是在公园、庭院、郊野、山林

而是在放鹰台菜市场

亲眼见证了今年的栀子花开

错不了，是栀子花开了

一如从前，裙裾翠绿，脸庞白嫩

淡淡的清香不绝于缕，一如从前

"永恒的爱，一生守候和喜悦"

可爱的栀子花，可怜的栀子花

身子贴紧身子，脸挤得变形

五个小姐妹随机组合成一件商品

我看见有的嘴张得大大的

是喘不过气来，还是无声抗议

有的小口坚定抿着，一副冰清玉洁的样子

也许她已知道命运，知道此时此刻

抱怨、哭泣都无济于事

一朵、两朵、100朵栀子花开了

开在一手交钱、一手交货的放鹰台菜市场

开在蓬头垢面、气味浓烈的大块头艾蒿旁边

"艾蒿三块钱两把，栀子两块钱一把"

可怜的栀子花珍贵那么一点点

想当年身陷左贤王大帐的蔡文姬

是不是因为会吹奏胡笳

也比随手掳来的女奴隶

珍贵那么一点点

2014-06-03

致敬芦苇

忍耐与顺从是必要的
柔弱比刚强更有力量
致敬芦苇，不认命的芦苇
一条心活下去
活了无数世纪的芦苇
活在五大洲的芦苇
像蚂蚁、蝴蝶一样柔弱
不管不顾、生机勃勃的芦苇
你们活过了秦风
活过了汉赋
唐诗还有宋词
你们一定会活过
眼下活得好好的
这一拨崭新人类

像传说，像我们的祖先
你们漂泊、迁徙
无所谓他乡与故乡
一点点水与土
一点点空气与阳光
足够了，不再奢求
一枝芦苇
一片芦苇

一个家族一个部落的故事
就此开始
蔚蓝色星球
生命与大地母亲的赞歌
演奏序曲

年年诞生，岁岁死亡
随遇而安，不假思索
哦，我们多么无知
我们看见的不过是假象
我们看见的只是
青葱与枯黄
倒伏与飘扬
看不见地下的蔓延与积蓄
烈日里寒潮中
平稳地呼吸
自由地歌唱

致敬芦苇
一小部分芦苇
一小部分人类
江汉之滨在比邻而居
一年一度
冬至前后
我们相约十里江滩
感恩水与土

空气与阳光

为人与自然和谐相处

举办盛大婚礼

看呐，这一边的灰白与枯黄

那一边的依偎与凝望

有风与汽笛掠过江面

有温暖与芬芳洗涤彼此

有神秘天使飞去又飞来

若隐又若现

给这盛大婚礼

带来珍贵的祝福与安慰

2018-10-16

芦苇花开

一

白露、秋分
寒露、霜降
漂泊的一族
相约返乡
相约溯江而上
回到一轮月光

三月孤帆
去了扬州
夜半客船
去了姑苏
长江亘古奔流
载不走一方乡愁

二

长亭、驿站
港口、码头
天呐！这么多的人
相识的人

相似的人

相逢在路上

多少人相约赴死

可曾经过天堂

多少人相约求生

可否绕开地狱

三

风在空中荡漾

风是秦风

人在地上徘徊

人是汉人

芦苇一群群

肩并肩，手挽着手

低吟，或者默诵

蒹葭苍苍

白露为霜

所谓伊人

在水一方

沧浪之水浊兮

可以濯我足

沧浪之水清兮

可以濯我缨

四

说到黑
习惯说乌黑
说到白
习惯说雪白
说到冬至日的汉口江滩
习惯说雪白的芦花
绵延的雪景

不学无术、自以为是的人呐
芦苇不开花，只结穗
而穗子是灰白的

求生的人上不了天堂
赴死的人下不了地狱
无数你我奔波在灰白的人世间
湮灭在灰白的人世间

五

岁岁枯荣
生生不息
无家可归的吉卜赛人

四海为家的吉卜赛人
打散了又聚拢的吉卜赛人
在刀剑上绣出花朵
在轮回中贴上金箔
让笨重的城市长出翅膀
忽高忽低地飞

单薄的芦苇
空虚的芦苇
被好人抚爱被坏人糟蹋的芦苇
结灰白穗进造纸厂的芦苇

蒹葭苍苍
白露为霜
所谓伊人
在水一方

2016-12-08

十月多么美好

无毒，有毒，无毒
美人迟暮

迟暮美人成双成对
A 与 B
对立又辉映
多好的一对

十月多么美好
光阴有点老了
冰雪尚未来到
我们有点老了
死亡尚未来到

A 与 B
有说有笑
时不时瞟上我一眼
也许没瞟上我一眼
在十月
偶尔自作多情
也无所谓了

A 与 B

有说有笑

说起山南、林芝、纳木措

说起一首诗中写道

两个美人

睡得正香

说起一个大笨蛋

狗急跳墙

海底捞起最后一个

八万

谁没有万念俱灰的日子

A 与 B

我错过了你们当初

歇斯底里的哭泣

如今来到十月

谁没有心旌摇曳的日子

A 与 B

繁花转化为硕果

落花融化成淤泥

如今来到十月

2018-10-05

高山流水

流水从高山逶迤而来
从汉阴来到汉阳
江汉朝宗
携手在此
一路风餐露宿
据说走了七天七夜

落花、漂木、货物、书生
从高山逶迤而来
南腔与北调冲撞
一次次冲毁了龙王庙

在冲撞中
一头牯牛走失
深陷于北岸的淤泥
让汉口的暴发户
捡了个大便宜

一只黄鹤受惊
冲天而起
留下数根绒毛
擦亮崔颢与岳飞的诗句

自晋至楚
从古到今
琴声从缥缈处逶迤而来
月湖春心荡漾
一朵并蒂莲庄严盛开

神龟逗留在江边
抬头望天
低头冥想
它眨眨右眼
长江水涨了三尺
眨眨左眼
汉江水落了一丈

2018-08-14

知音号

旗袍与西裤

挑逗与矜持

蓝的光

倒走的钟表

穿越不停

越过民国

停在聊斋

在动

在笑

在柔弱地活

稀薄地活

哦，多像我的父母

他们也曾背井离乡

把青春寄存在民国

蓝的光

倒走的钟表

他们努力在动

在笑

努力增加一点热气

努力挣脱画皮

木墙、木门、玻璃窗
隔开时光、饥荒与刀枪
蓝的光
倒走的钟表
我年过半百
迟迟不能入戏
也许我从来如此
古板又迟疑
也许我没有真正年轻过

2018-08-28

坤厚里

剧终之前
灯光师打个哈欠
把聚光灯打到看台角落
打到坤厚里

一瞬间
强烈的光柱
照亮了雕花与花钵
古藤与藤椅
老花镜与万花筒
都镀上了金色
都被万千精灵簇拥
膜拜
暮色中
这一朵昙花庄严盛开

暮色中的坤厚里
远行游子如期归来
唯独声音例外
唯独声音
一走再没有回来

2016-11-01

迎面撞上金光菊

金光菊不是矢车菊
不那么德意志
不那么忧郁

金光菊不是瓜叶菊
不那么加那利
不那么欢喜

迎面撞上金光菊
低头想起白求恩

金光菊爱过白求恩
赤足的白求恩
热情似火的白求恩
曾手捧一大束金光菊
献给一见钟情的英国姑娘
二十二岁的法兰西丝

2019-12-22

乌云滚滚

乌云滚滚
蚂蚁匆匆赶路
它们推着粮食
往家里赶
更卖力一些
它们空着手
往家里赶
步子再快一些
它们不抬头

它们不抬头
也知道乌云来了
也知道乌云来了
不是来做慈善的

乌云滚滚
从武昌到汉口到汉阳
不动产们一动不动
太胖了
挪不动
也无处藏身
只好一动不动
一副死猪不怕开水烫的样子

2018-05-22

你和我

城市一点点变好
你一点点变老
一点点变老的你
右手的教鞭挥得越来越多
左手的皮鞭挥得越来越少

挨过皮鞭的有没有怨气
我不知道
想必眼神是温驯的
受过教鞭的是否醍醐灌顶
我也不知道
至少会场没听到鼾声

我说，同频是容易的
一个主动轮
一系列从动轮嘛
共振则有点难
俗话说：人心隔肚皮
俗话说：江山易改本性难移

现在你又在台上挥教鞭
我坐在台下第一排正中间
打瞌睡是不敢的，也不至于

千不该万不该

听课时开了一会儿小差

这不，一首调侃的小诗

就这样一气呵成

2015-04-01

一个人，又一个人

一

在庐山
我们散步，闲聊
俨然相识已久的忘年交
您说起连天烽火
一腔热血
蹉跎岁月
往事沧桑
在挪步园
我们挑灯夜战
纹枰对弈
直到天色微明
松涛低一声、高一声
在三角山
我们气喘吁吁
不约而同吟出
江山留胜景
我辈复登临

后来
我远走他方

后来
您就更老了
然后就病了
我登门看望
一次在湖医二院
一次在同济医院
一次在您家中

后来的后来
就再也见不到您了

您背诵的古文
我还记得
您收敛的笑声
我还记得
您写给老先生的推荐信
我一直留在身边

二

您自信
您沉稳
您收放自如
您讲究穿衣打扮
头发一丝不乱
您爱惜自己的羽毛

您爱才
您被别人爱惜过
您爱惜过我

我和您谈天说地
我和您海阔天空
我在您面前一点也不拘谨

我们畅游欧洲八国
您神采奕奕
您健步如飞
您走得比一团人都快

郁郁葱葱的一片叶子
凋谢在神农架的夏天

天意莫测
人生无常
您嬉笑怒骂一应俱全的短信
我一直没有删
永远都不会删

2016-12-08

一枚杨树叶凋零了

一枚杨树叶凋零了
在立秋后的第三天

立秋了
大雁往南飞了
您飞过 18000 公里
从波兰、以色列、俄罗斯
飞回春潮涌动的土地
11 天
飞过 18000 公里
载满使命、收获与疲惫

那一天中午
我端着餐盘
坐在您身边
我们谈了公务
谈了健身
我们一同散步
到大院门前

那一天天气很好
您气色不错

一枚杨树叶凋零了

在立秋后的第三天

在分手后的四小时

晚上六点、七点、八点

九点、十点、十一点

消息与惊愕

汇聚与忙碌

无语与泪花

六医院与远水远山

一枚生机勃勃的杨树叶

凋零了

透彻骨髓的寒意

一阵阵袭来

我们围在您身边

多想

却不能

输给您 37℃ 的温暖

一枚生机勃勃的杨树叶

凋零了

一场奔波

停步了

一面明镜

破碎了

一个与热爱、执着、奉献有关的人生故事

传开了

从白云黄鹤的故乡

到伟大祖国的四面八方

2017-08-10

木芙蓉开花了

这盛世如您所愿
在十月，在江滩
木芙蓉开花了
热烈、纯洁、鲜艳
淡红色花朵
一朵又一朵
越开越高
越开越多
五瓣紧紧依偎在一起
亲爱的，我们是一家人
我们不能分开彼此

木芙蓉来自湖南
2019 来自 **1949**
这盛世如您所愿
您看，您看
在十月
淡红色的木芙蓉
开在江滩
开在广场
开在阳台
开在农家小院
幸福的人呐

你想到了什么

褪色的血

消失的呐喊

泛黄的记忆

新希望与新力量

生生不息

星火继续燎原

2019-10-01

风从海上吹来

风从海上吹来
风带来鲲鹏一飞冲天的消息

蹒跚而行，逾五千年
扶摇直上，越九万里
这心灵点燃的核能
这目光牵引的闪电
这翅膀激发的风雷
朋友，你被震撼了吗

风从海上吹来
风吹过了大别山
风吹向江汉平原
风力达到了八级、九级、十级
十级东风托举起一只金凤凰
它高傲地飞
它自信地飞
它伴随鲲鹏形影不离地飞

2015-03-25

阳台绿洲

阳台悬挂在外立面
像个受委屈、生闷气的家人
像乡下人进城
走了不该走的亲戚
像相册
越来越粗糙的你
多久没翻看了
多久没眺望
天上的星辰
家乡的喇叭花了

我说，一个诗人说
不如心动又行动
造自己的阳台绿洲吧
趁天色尚早
大洪水、沙尘暴尚未来临
造自己的阳台绿洲吧
一平方米也行
三五平方米足够奢侈
种子必需
土的洋的都欢迎
水与土
父亲与母亲

阳光不时光顾
像徐志摩
悄悄地来
悄悄地走

可以养眼
可以养胃
可以养蝴蝶
和蝴蝶淘气的表弟
七星瓢虫
可以养
一个人的寂寞
两个人的心动
一家人的天伦之乐
可以让不可以
成为可以

我说，一个诗人说
可以让阳台复活
闪亮登场
占据 C 位
成为灵魂的栖息地

2020-01-07

辑三

感动江汉

感动江汉

有一种文明，亘古不变
有一些美德，薪火相传
一条条溪水，汇成大海
一片片绿叶，扮靓春天

呼唤良知，传递温暖
感动江汉，岁岁年年

有一种崇高，来自平凡
有一些赞扬，传成诗篇
伸出我的手，风雨相伴
成就你的梦，彩虹在前

呼唤良知，传递温暖
感动江汉，岁岁年年

2012-03-25

车过前进四路

一台大手术
主刀者谁
杨与梅是也

耄耋老人
夜半惊魂
我吗？是的
杨与梅异口同声
是你是你
恭喜恭喜
选中你了

2019-10-16

车过前进五路

一段传奇
耸在路口
仰望的人
渐渐少了

一篇未定稿
摊手摊脚
没完没了的日光浴
乐得自在逍遥

现实民生福利
各种烧与烤
人肉情未了
老板，再来 10 串
多放点辣椒

说好的水塔公园呢
大导演与大主角
一拍两散
一位在彩云之南
一位在清源之湾

2019-10-15

车过民生路

拆

不……拆

不……拆……才怪

李指挥长笑了

工作呀生活呀娱乐呀

多姿多彩的码头文化呀

华厦可敬

陋巷可亲

风雨雷电散尽

车过民生路

仰望三三零

诗人思前想后

眼角微微湿润

2019-10-18

车过精武路

近在咫尺
同桌的你
一起长大的
乌鸦变成凤凰
乌鸦还是乌鸦

凤凰恋上了卓美亚
乌鸦还是乌鸦
听说要过节了
简单装扮了一下

2019-10-15

车过华安里

不入，赶上班
不赶上班，也不入
不入野猪林
不入祝家庄
不好进不好出哩

倒不是有什么强人
剪径，劫路
收买路钱什么的
是路又窄又弯又堵
不好进不好出哩

不入老姑娘闺房
老华姑娘
只怕三十好几
快四十岁哩
守在娘家
不肯嫁人
市里区里街里
似乎都没办法

2019-10-10

车过汉口火车站

金墩、银墩
此地属于常青
主人你去哪里
提醒对号入座
愿你前程似锦

兔子、兔子、兔子
三五成群的兔子
一度濒危的兔子
貌似否极泰来
部分恢复了元气

狡兔离不开走狗
一个、两个、三个
三个属狗的家伙
一个也不见踪影
莫非厌倦了风波
索性遁入了空门

2019-10-16

小董家巷

小董年过半百
变成老董
老董年过半百
变成古董

古董被大老板收购了
收藏在一线临江豪宅中
豪宅名世纪江尚

2016-11-01

兔子之歌

兔子兔子

张望的兔子

兔子兔子

试探的兔子

兔子兔子

找到胡萝卜的兔子

兔子兔子

逃窜的兔子

你被属狗的项明杰追得好惨

兔子兔子

车站口广场上的兔子

兔子兔子

起早贪晚神出鬼没的兔子

兔子兔子

修炼成精傻不愣登的兔子

兔子兔子

大兔子小兔子男兔子女兔子

你被属狗的何旭东追得好惨

狡兔三窟

哪里是容身之地

兔死狐悲

只怕是动机不纯

鹬落兔起

为何不同情弱者

兔急咬人

调查取证追究刑事责任

兔子呀兔子

你被属狗的姚俊追得好惨

2015−07−08

西北湖

俊俏的模样，不声不响
清澈的眼眸，总不曾合上
挪不动的脚步，沧海桑田的故乡
秀发飘逸，遮掩半边腮红
华灯齐放，搅乱浮动暗香
身边的美人呐
你是下凡的仙女
还是山神走失的姑娘

在远处眺望，澄清红尘万丈
在身旁徜徉，吮吸大地芬芳
善解人意的春风
泄露了我的暗恋
美人呐，你笑靥如花
一瓣瓣盛开
擦亮游子遗失的梦想

2012-03-23

梦想之城

大泽蛮荒
升起五彩祥云
民族危亡
燃烧热血青春
硝烟散尽
换了人间
芳草枯荣
英名永存
哦，王家墩
你这光荣之城

奋斗创造
几度风雨兼程
凤凰涅槃
引领伟大复兴
登高望远
江城如画
山南水北
武汉中心
哦，王家墩
你这梦想之城

请到光荣之城来

聆听历史的回声

请到梦想之城来

从这里扬帆远行

2015-04-14

辑 四

这是我美丽的江大

这是我美丽的江大

一鸣桥畔的荷花
未名山上的虹
经历了多少风和雨
光彩与众不同

这是我美丽的江大
青春无悔的家
我们在这里成长
从这里出发

当初许下的誓言
心底珍藏的梦
走过了千山与万水
不改天真从容

这是我美丽的江大
青春无悔的家
我们在这里成长
从这里出发

2018-03-13

白雾茫茫

白雾茫茫
主人去哪里了
一壶茶
微微冒着热气

白雾茫茫
一件又一件长衫短褂
当街晾在黄槲树上
湿漉漉的

白雾茫茫
少年拼一腔热血
上了山
壮年拼一身气力
扯起帆
老人如烟消云散
再也回不到故乡

白雾茫茫
多少落英缤纷
多少前赴后继
多少鲜为人知的人与事
他和她

你和我

携手走过

消失在嘉陵江

上游、中游、下游

2018-12-24

延安来了

一

风呼呼地刮过来
为暴雨鸣锣开道

麦子也枯了
山丹丹也萎了
焦黄的土地
欲哭无泪
老天爷呀
可怜可怜我们吧

空气有一丝凉爽
呼吸有一阵紧张
风呼呼地刮过来
暴风雨
暴风雨就要来了

二

风刮了 90 年
雨下了 80 年

我们来到了延安

凤凰山黄了又绿
我们来到了延安
延河水落了又涨
我们来到了延安
一些记忆的碎片
——浮现
我们来到了延安

大地如此安详
云朵如此悠闲
爬墙虎统治了万花山庄
蜀葵花进驻了枣园

三

如何从连绵不绝的黄土中
提炼出铀235
如何用简陋的煤油灯
驱赶铺天盖地的黑暗
如何透过柔弱的雪花
预见大步走来的春天

如何从发黄的卷宗中
读出苦难与苦干

如何从黑白的影像里
找到感染与感动

如何在内心对自己说
一遍遍地
对自己说
看呐看呐
这就是延安
这就是延安

2017-07-18

在万花山，看见一朵山丹丹

一位小红军来到万花山
他是打前站的
还是掉队了

忘忧草闻讯赶来了
他们围拢在小战士身边

他们在嘘寒问暖吗
还是在打听
暴风雨就要到来的消息

2017-07-18

星火燎原

来自英语、法语、俄语
来自一位导师
一本小册子
一句一声惊雷
一段一道闪电

来自一艘军舰
隆隆炮声
上课铃声

来自一位不平凡的年轻人
土生土长的年轻人
他睿智、勇敢、说干就干
他是位好学生
学到了精髓
他是位好老师
他门下贤人
可不止七十二
门下弟子
可不止三千

他说到做到
他敢于牺牲

他的学生们
大多数也是如此

他上山
他们上山
保存火种
他下山
他们下山
找到干柴
广袤无垠的土地
无穷无尽的物质
可以点燃

点燃
或者腐烂

他们觉醒，奋斗，牺牲
召唤出更多的人
越来越多的人
他们一个个
就这样站起来了
一个积贫积弱的民族
就这样站起来了

黎明，共和国的黎明
不是等来的

井冈山说

井冈山的一草一木说

星星之火

从此点燃

从此燎原

2019-07-22

邂逅挹翠湖

从天而降
从羊肠小道归队
从枯枝烂叶丛中突围
大部队来了
大部队会师
在茨坪
在挹翠湖

比绿更绿
比青更青
比翠更翠
让诗人无奈
理屈而词穷
挹翠湖
郁郁葱葱
五百里井冈山
最灵秀最乖巧的小女儿
挹翠湖

大暑过了
立秋近了
水杨梅开花
开在小女儿鬓角

粉粉的、柔柔的
多么芬芳
芬芳了诗人的呼吸与记忆

2019-07-25

故事会上的黑白照

一个人，几个人
一群人，一大群人

新闻宜用彩色
故事宜用黑白
你听，你想
你聚精会神
才能完成一次穿越

黄昏，傍晚
深夜，黎明
觉醒，呐喊
奋斗，牺牲

黑白照上的人
几乎都是年轻人
一个比一个年轻
他们刚褪去青春痘
他们听旗帜指引
为主义牺牲
人生如此短暂
牺牲如此壮烈
根本来不及

长出老年斑

旧世界坍塌，后退
退进黑洞深处
留下几堵墙、几片瓦
几封家书
几张黑白照

看呐，看吧
凝视，深思
有几分沉重
几分羞愧
几分顿悟
在现场
在职场
在高高低低的路上

2019-07-23

在井冈山

一

红土地
红色的杜鹃花
这里还有那里
山脚直到山巅

在清明在谷雨
杜鹃啼血
漫山红遍

井冈山开满红杜鹃
韶山开满红杜鹃
朝鲜开满金达莱
朝鲜的金达莱
就是中国的红杜鹃呀

二

一块巨石
裂成数瓣
两棵大树

脱颖而出

一棵是枫香

160 年了

一棵是女贞

220 年了

90 年前

伟人走过

伟人歇脚

伟人观察又发觉

看，这就是阶级压迫

阶级反抗

以及反抗的结果

小朋友们

你走过路过

看过想过

又想到了什么

三

涅瓦河上一声炮响

黄洋界上一声炮响

一根稻草

压垮了一只骆驼

谈什么奇迹与运气
这其实不妥
多谈谈人民与觉悟
奋斗与牺牲吧

多读读《西江月·井冈山》吧
你看,你看
黄洋界上的那门炮
其实小得可怜

2019-07-24

魂兮归来

五百里井冈
无际无边
有多少条山路，路边
有多少块岩石

四万八千烈士
有谁留下姓名，有谁
留下骨灰

有一条山路，通往
有一块岩石，守护
曾志同志的骨灰

五百里井冈
无际无边
山连着山
山路连着山路
岩石连着岩石
骨灰连着骨灰

信仰连着信仰
呼吸连着呼吸

2019-07-24

仰望高台

高台高过了天
台上浸透了血
走近了
惊心动魄
离去了
沉默不语

呐喊与硝烟
早已散尽
刀剑与尸骨
氧化再还原
幸存者——凋零
一股英雄气
回荡天地间
生生不息

高台高过了天
高过了斤斤计较
高过了功名利禄
高过了莫高窟
高过了祁连山

2021-06-06

致莘莘学子

我希望
你们是平静的

平静地迎接
不同的阳光与风雨
经受住爱抚与鞭策
锻炼与鼓舞
可以有小小的躁动
昙花开了
狮子座流星雨来了

我希望
你们是踏实的

把根扎深些，再深些
深入本质与真相
啜饮清冽芳香的甘泉
赢来枝繁叶茂
郁郁葱葱

看，同样的土地
同样的周期
大不一样的这一棵

那一棵

我希望
你们是快乐的

你长高了长壮了
应该快乐呀
你看清了看远了
应该快乐呀
你如愿长出了一对翅膀
你想笑，就大声地笑吧

平静、踏实、快乐
是我最初的也是最后的
叮咛与嘱托
可以随手删去
要记就请记一辈子

2019-04-24

卖米的女孩走了

稻子还长在田里
卖米的女孩走了
白米饭还盛在碗里
卖米的女孩不饿了
80 斤的担子
4 里长的山路
还煎熬着老母亲
她懂事的琼宝爱莫能助了

1. 08 元 1 斤
1. 05 元 1 斤
卖，还是不卖
这人世间的磨难
其实并不遥远

卖米的女孩走了
她的飞花
开过就不再败了
她的红楼
搭起就不会塌了
她从醴陵老屋挑出的一担米
终于卖出了
比珍珠更贵的价钱

2018-06-19

诗人之死

诗人活过百岁
终究还会死的
诗歌活过百岁
怎么还会死呢

说吧，朋友
你说说看
有几个诗人活过了百岁
有多少诗歌流传了千年

《纪念碑》依然耸立在俄罗斯大地
《帆》依然飘扬在波罗的海
可怜的诗人
甚至没挨过中午十二点

今天是重阳
满城菊花香
可怜的诗人
终究没端上近在咫尺的酒杯

没酩酊大醉
没慷慨激昂
没和盘托出《春江花月夜》

带一众人等瞬间穿越
重回盛唐

可怜的诗人
你喋喋不休的微信号
以一堆灰烬画上句号

线断了
纸鸢还在天上
或许能冲破寒流与黑暗
抵达星辰大海
闪烁不朽的光芒

重阳夜天朗气清
珠江边的风景
与长江边的风景
估计大体相仿
会有很多人散步，慢跑
跳广场舞
传播小道消息
为钱多钱少烦恼并争吵

不会有几个人
仰望星空
默念不朽的诗歌
早逝的诗人

普希金、莱蒙托夫

顾城、海子、许立志

2017 年重阳节的前一天

珠江边悄然坠地的一粒彗星

2017-10-28

在陕师大教育博物馆

天下苦秦久矣
也许吧
也许苦的是陈胜、吴广
而不是这一对
口衔珠宝
舞姿翩翩的金凤凰

二楼有女书
三楼有圣旨
是不是可以说
苦难孕育了辉煌
而辉煌习惯选择
遗漏与遗忘

老师们老去了
他们成群结队
弯腰驼背
消失在视线尽头
而文字不老
师说不老
师宝不老
师宝憨憨的、萌萌的
我左看右看

看不出肃杀之气

教师节后第四天
一行 11 人
西行行到西安
有没有镇馆之宝
有没有镇馆之宝
有没有镇馆之宝
馆长张驰
有张有弛
他面带笑容
有苦说不出
唉，这些所谓教授
书读得太少了

2018-09-14

到恩施走亲戚

凌晨一头雾水
深夜满目星光
一滴水从长江回到清江

苞谷和红辣椒手挽着手
回到屋檐下
游子风尘仆仆
回到了家
曾守的四爷和苏元芳的二叔
翻过山脊、田埂
赶过来说说话

打瓜胖乎乎晃荡着
野棉花红艳艳摇摆着
在金龙坝村
孙女露露不多话
房前屋后忙着
曾外孙女小不点不哭也不闹
看一会儿动画片就睡着了

2016-10-08

浮光掠影

这边穿山

那边封山

我只取一瓢饮呀

放过你弱水三千

完整的立方体

钻成碎片

有多少矿藏、骸骨

传说与诗篇

钻成碎片

现实一日千里

呼啸而过

多少跋山涉水的日子

一带而过

绵延武陵山脉

风景独好这边

这白、这翠

这风、这泉

这远山呼唤

这一方好儿女

这温柔、这彪悍

土司魂飞魄散

土家袅袅炊烟

2016-10-10

车过邦德湾

大海深情的诉说
把小动物们勾到剧场

有的小动物耳背
拼命凑到前排
什么？什么？到底你想说什么
好奇心害死猫
什么也没听到
沾了一身口水

有的小动物胆怯
躲开一箭之地
海鸥低飞又疾走
无数杨坤高高低低地唱
无所谓，我无所谓

2016-03-24

致莫宁

莫宁，你忘记了吗
你以前说过
钉子钉久了
会生锈的

我信了，你看呐
海风、海浪、海鸥的鸣叫
从北岛到南岛
望不到尽头的一号公路
把一枚钉子擦得亮亮的

莫宁，莫宁
我想个不停
如果我们同行
一起发呆发疯
明早一起去往但尼丁

莫宁，你是对的
名词比形容词更可靠
爱人比亲爱的
可靠一百倍一千倍

就像昨天，在东海岸

我迎头撞上的摩拉基大圆石
用上一吨的形容词
又有什么意思呢
就像一份变质的爱情
用上一吨除臭剂
又有什么意思呢

莫宁，莫宁
我想个不停
如果我们同行
一起发呆发疯
明早一起去往但尼丁

2019-04-18

致青茶

青茶，谈够了莫宁
该谈谈你了
我不该也不会问你，在但尼丁
你究竟跑上跑下几回
直到筋疲力尽
当夕阳西下，夜幕降临
你！是不是有不管不顾
一骨碌滚进草丛的冲动
最终冲动是否赢了矜持

青茶，放过眼前吧
放过普鲁士蓝、英伦范
色彩鲜艳的多肉，这里还有那里
将谁唤醒又湿润
在海边，谁深信不疑
这不是摩拉基大圆石
这是乔装打扮的海明威
这是维西亚庄园的客人们

我说青茶，说说你自己吧
你为什么叫青茶呢
为什么不叫凉白开、茅台、威士忌
为什么不叫红茶、普洱、铁观音

你是谁的青茶

在异国他乡

海风、海浪、海鸥的鸣叫

但尼丁、基督城、皇后镇

无与伦比的雅芳河

可曾将你珍惜、爱抚、啜饮

2019-04-19

波罗的海

这硕大的菠萝
这宙斯的杰作
这天鹅、海盗、圣诞老人的故乡

在九月
雪白的帷幕正缓缓落下
珍贵的阳光随微风飘洒
为远行的天鹅、大雁
送上祝福与力量

同样的仁慈
同样的温柔
还赠予了诗丽雅号的疲惫水手
大海的女儿阿曼达姑娘

2017-09-08

印象俄罗斯

白、蓝、红
哦！那是国旗

蓝、白、绿
哦！那是天空与土地

金色、金色、金色
哦！那是巍峨的教堂
抹不去的记忆与辉煌

2017-08-31

纪念碑

从北美到南美
不可能错过纪念碑

话语权来自刀剑
征服者指示
新大陆的故事
从纪念碑说起

青铜骑士
骑在马上
大人物意气风发
纪念碑说
纪念碑不容置疑说
他们是创世纪的一群人
他们之前的历史
无非一幕黑暗
又一幕黑暗

一座又一座
纪念碑
矗立在美洲大地
一个又一个
感叹号

矗立在美洲大地

我看见

我震撼

我疑惑

我无语

2018-11-28

淡淡飘过

圣尼古拉斯
圣路易斯
圣保罗
我来了
我看见
我说了些什么

我不是骑士、牧师、庄园主
我不狂热、不冲动
淡淡的我
淡淡飘过

淡淡飘过
我多么匆忙又粗心呀
我甚至
没有收藏一枚绿叶或花朵
没录下一阵鸟鸣

淡淡飘过
无边无际的河流
无边无际的绿洲
红房子、青石路
浓浓的咖啡芳香

郁郁葱葱的圣马丁广场
那里有高大又柔美的蓝花楹
有流浪汉也有野鸽子
还有英俊少年刘天宇

2018-11-27

埃及，埃及

一棵松
高贵的地中海松
生长在非洲的东北部

这一边
红海、阿拉伯半岛
半黄半蓝
那一边
撒哈拉大沙漠
无际无边

它有蓬松漂亮的树冠
顶着地中海
这蔚蓝色星球
蔚蓝色头巾

树干挺拔
根系发达
分别系住了沉甸甸的
苏丹、埃塞俄比亚
刚果、卢旺达
坦桑尼亚、赞比亚、乌干达

2019-06-03

在斯皮尔斯庄园

冬季就要来了
巨大的宁静
赤条条的葡萄藤
鸥与鹬
各想各的心事
大眼盯着小眼

主人不在家
主人去哪里了
六位客人
饮五种酒
小心翼翼啜饮
交流标准答案
有个家伙不语又不言
想起了王翰

2019-05-30

寻玉记

黄沙漫漫
四顾苍茫
只见通灵宝玉
不见怡红院公子

白杨、青柳、芦苇荡
燕子高高低低
黄昏不肯离去
分不清是黛玉
还是宝钗
是袭人
还是晴雯

2019-08-02

寻关记

阳关、玉门关
一对扣子
锈迹斑斑

往事越千年
也曾扣上
世外桃源
也曾解开
遍地狼烟

2019-08-02

我是不是到过喀什

我们驱车 5 小时 200 公里

沿 314 国道

来到喀拉库勒湖

添衣，撑伞，拍照，看湖水

变幻的色彩

近处的波纹

远处的倒影

有小小的满足

小小的不满足

最不应该的是

我们奔慕士塔格峰而来

近在眼前了

没有跪拜

没有呼唤

甚至没有行一个

庄严的注目礼

我是不是到过喀什

我吃过馕

正宗的老城小巷的馕

小的 1 元一个

大的 3 元一个

在大巴扎

酸奶刨冰 3 元一杯

我喝了一杯

没有喝第二杯

我没品出馕与烧饼、锅盔

大巴扎的酸奶刨冰

与六渡桥的酸奶刨冰

味觉上的差别

最不应该的是

居然没有感到惭愧

我是不是到过喀什

一路上出身寒门

自强不息的新疆杨

我们看了又看

没有拥抱

柳树婀娜多姿

闻风起舞

不住的感恩

大地母亲的深情

我们一掠而过

没有共鸣

这些在原木门窗上攀援依偎的

喇叭花

这些与土墙土路不离不弃

朴素又美丽的

石榴花

是他们的

不是我们的

长在他们的心里

伴他们走过童年暮年

风里雪里

不是我们的

我是不是到过喀什

2018-08-20

在新疆，美好的不只是愿望

最精美的挂毯

挂满天池

挂满天山

目不转睛

目不暇接呀

放大一万倍

你就是这精美绝伦的天地挂毯

一个小小小小的小黑点

一切都美好

一切想象的美好

栩栩如生呈现

雪山、溪流

田园、炊烟

喀什老城的生意与诗意

喇叭花与石榴花

是美好而安静的

回到博乐的 12 位大学生

8 位女生和 4 位男生

是美好而安静的

我从天上落到地上

进入现场又退回内心

我遵从内心

必须承认

在新疆

美好的不只是愿望呀

2018-08-23

精灵们

考拉住在高高的桉树上
精灵们的家
在西域的巅峰上

考拉不怎么动
他们抬头发呆
低头做梦
精灵们白天躲太阳
夜里数星星
在无穷岁月尽头
彼此拥抱与亲吻
准备远行

嘘！风来了
嘘！神谕到了
精灵们疾如鹰隼
一跃而起
坠入泥沙俱下的世界

2018-08-21

我们的军运会

一

圣火美过战火
流汗好于流血
拼命不会丧命
上校，皮奇里洛上校
庄严地点点头
士兵，理解万岁
你智商情商不低

上校英俊潇洒
上校派头十足
指挥少将、中将、上将
参加武汉演习
将军们，请注意
我要讲话了
你可以听
可以不听
但务必保持肃静

二

和平、和平、和平

古老的物种

一度濒临灭绝

我们都是幸存者的后代呀

黄皮肤、黑皮肤、白皮肤

我们、你们、他们

和平、和平、和平

发音要准

吐字要轻

要扫清戾气

要有十足的虔诚

要记一辈子

还要传给下一代人

三

好山、好水、好地方

友好强大的中国

10 天的好时光

朋友呀，朋友

不打不相识的朋友

南美还是盛夏

北欧已是隆冬

马赛马拉的角马瞪羚

紧张忙碌迁徙

在武汉丹桂飘香的深秋
你收获了什么呢

请带好你的随身行李
带好金牌、银牌、铜牌
带好彼此交换的礼物
带好吉祥物兵兵
请记住长江、东湖、黄鹤楼
请记住小水杉
嫩绿洁白的小水杉
记住他们的笑容与服务
他们是你们的同龄人
可能年轻一点点

请记住热干面
忘了也没关系
你的味蕾
会不时提醒的

请记住武汉
记住战乱后的新生
记住止戈为武的誓言
朋友，相信你自己吧
相信目睹的繁荣与美丽
友好与自信
一切的一切

都是真实的

2019-10-28

辑 五

下雨了

下雨了

下雨了
门关上了
窗子关上了
蚊帐也关上了

蚊子吃了个闭门羹
生气掉头走了

世界安静了
大山外的运动
大山内的活动
按下暂停键了

牛得到了草
鸡和鸭得到了谷粒
一个孩子最幸福
同时得到了
父亲和母亲

2021-02-28

喂，小韩

喂，小韩
你看见了吗
庚子年小小的尾巴
还在
一抖一抖的
抖起冰雪、尘矣
挥之不去的记乙

喂，小韩
元旦的三天假
真的不错呀
鞭子收起来了
阳光充足又免费
大街小巷
大肠小肠
蠕动着幸福的滋味

喂，小韩
别担心
口岸是安全的
商品是充足的
冬小麦和草莓长势良好
如果你兴致好

不妨去登高吧

北边的木兰山

南边的八分山

江边的龟山与蛇山

都是好去处

不去扁担山、玉笋山、石门峰呀

那些地方又阴又冷

湿气太重

2020-01-03

寒流滚滚

暴风雪与坏消息沆瀣一气

覆盖着伏尔加河

密西西比河

亚马孙河

尼罗河

恒河

小小寰球

大大小小的源头与支流

奥林匹斯山上的诸神

不见了踪影

宙斯呢？宙斯呀请您宣布

大寒过了就是立春

寒流滚滚

阳光苍白又无力

暗物质扬帆远航

征服虚弱的城市与村庄

有消息说

只有十万羽红嘴鸥

是幸运的

它们的第二故乡

尚未沦陷

还洋溢着鲜花、笑脸

熟悉的面包的芳香

2021-01-12

春分了

梅花开过
樱花开了
长江边的垂丝海棠
消泗乡的油菜花
花花世界了
春天端坐在牛背上
看看，闻闻
走出三站路了
春分了

春分了
虫子醒了
种子正在揉眼睛呢
农民们过完了年
放下了筷子
懒洋洋地拿起了
比筷子大一些的物件
春分了
雨淅淅沥沥
像从前的爱情
大部分落在乡里
小部分落在城里
零零星星的几滴

滴落在诗人们的手心里

2021-03-15

雨水来了

雨水落在山坡上
吻在梅姑娘脸颊上
换来一声娇嗔
讨厌

雨水落在农田里
跌进油菜花怀里
黄花点点头
没说什么

雨水迎面撞上老斗笠、旧蓑衣
泪流满面
唉！物是人非
这个人已不是那个人

雨水斜飘进《唐诗三百首》
惊醒了杜工部
哟！宝贝来了
你这个蹑手蹑脚的小家伙

2021-02-16

清明节想起一个人

清明节想起一个人
已故
非亲非故
人们说
他是个可爱的人

他爱江山
别人的江山
山那边的废墟
河底的斑驳
他——细细抚摸

他爱美人
别人的美人
身在黄州、池州、睦州
一心惦记湖州

陶渊明爱桃花源
他爱杏花村
一阵秋风
一场春雨
以后
以后的以后

野花野草多起来了

2021-03-25

我说谷雨

谷雨性子不急
他的双胞胎哥哥
早生了四个时辰
早会走会跑了
还偷偷穿上了
各式各样的迷彩服

谷雨名气不大
唐朝的李白
宋朝的苏轼
享誉当代的珞珈诗派
都不怎么谈论它

谷雨不要自卑
你就是你
你不是可有可无的
你看矛雪忘先生微信
是这样子说的
二十四尊菩萨
个个都很重要
可以忘了矛雪
不可以忘了谷雨

2021-04-17

想起了孟浩然

孟浩然这个人
有点意思
不农不工不商不仕
不操心不操劳
也不愁吃喝
隐居鹿门好久
也不曾养鹿

他人缘不错
王维为他画像
李白为他题诗
张说为他游说
可惜叶公好龙
可惜孟夫子
得罪了唐玄宗

孟浩然不养鹿
养春天
养得生机勃勃
顺带养了一只鸟
一朵花
顺带养了两位才女
李清照

林黛玉

孟浩然一辈子
够自在的
游山玩水
吃吃喝喝
五十一岁那年
一不小心
吃喝死了

2021-04-22

小 满

一年下一盘棋
一盘围棋
日近正午
站起来
伸伸懒腰

嗯！不错
究竟围了些实地
而外势也健康成长
相信会有更好收成

当然
也可以换个比喻
是一辈子的棋局
是人到中年
小小的满足
小小的倦怠

2021-05-16

立夏了

真相已大白于天下
结婚的怀孕了
单身的一族
丧失了热情、时机、灵感

太晚了
如今谈论开花与授粉
已不合时宜
不如观察并谈论灌浆

逗号在左
句号在右
省略号在中间
光合作用
施肥锄草
安静地等结果
也在中间

2021-04-22

夏至之诗

气温与雨水

好一对欢喜冤家

相生又相克

相爱又相杀

夏至之日近了

争吵再次升级

吵什么吵什么

陈芝麻烂谷子糗事

所以说嘛

太阳底下

没有新鲜事情

新麦住进了旧粮仓

新生向往旧校园

崭新的稿纸

磨秃了的圆珠笔

窃窃私语

荒芜的田园

久违的农事

老茧与汗渍

已死去多时

夏至之诗

从何说起好呢

2021-06-18

小 暑

姐姐出嫁了
妹妹长大了
羞答答的绿衣裳
遮不住秘密了

荷花开过
棉花开了
栀子花开过
木槿花开了
催促声
一声又一声
隐隐约约的光与亮
钻进妹妹的闺房了

2021-07-03

大　暑

稻子低下头

稗子抬起头

狗尾巴草高昂着头，或者尾巴

关于这一点

诗人与专家分歧较大

热辣辣的口令

呼啸而来

一阵紧似一阵

而银行喜怒无常

不时紧缩银根

多少吨水

多少吨阳光

大概可以

炼出一克钻石

专家说

专家言之凿凿

今年气候异常

百分之一的孕妇

长出了黄雀斑

2019-07-15

大暑日邂逅韭莲

如何用寥寥数语
说出一朵韭莲的摇曳
说出久违的心动

不是沉鱼落雁闭月羞花
不是耳闻
是目睹
不是蒙娜丽莎
不是微笑
是舞蹈

是韭莲
是风雨花
来自惊鸿一瞥的南美洲
那里有羊驼、雪茄、桑巴
有蓝花楹
金字塔
聂鲁达

2021-07-22

半　夏

夏天过了一半了
不如谈谈半夏吧

这可不是一个现实话题
我是说，在这个人声鼎沸
活力充沛的超级城市
这个虚拟交谈
是不可能实现的

智者声明如下
作为时间刻度
半夏不值得惊慌
各种不祥预言
早就破产了
景气预期审慎乐观

作为一味中草药
半夏镇咳祛痰的功效
是明确的
也是微弱的

作为一种草本植物
用于街头巷尾的绿化

是可以的
但效果比不上三叶草
甚至比不上
狗尾巴草

唉！这些明白人
唉！半夏
我怎么用一两句诗句
说出一个懵懂少年
在金黄麦地里
邂逅你的惊喜
说出这份惊喜
又有什么意义

2021-07-17

凌霄花是美的

凌霄花是美的
扑面而来的美
挥之不去的美
灿烂的美，朴素的美
细细端详
一丝丝调皮的美

相见恨晚的美
少年只识鸡冠花
青年只识牵牛花
晚霞浮现，晚霞消失
凌霄花开了
静静地
开在谁家的篱笆

2021-07-06

我没遇见你的春天

我没遇见你的春天
没见过你的羞怯、颤抖
伸出去又缩回去的
若有若无的触角
那是一个又一个
宁静的午后
无风的午后
是吧？我没遇见
我能听见

我遇见了你的夏天
这多好！多奇妙
在这个宁静的午后
无风的午后
有关你当初的羞怯、颤抖
犹犹豫豫的触角
我能听见，还能看见
这多奇妙！多好

2021-07-17

有多少春天比春天更远

有多少水

不到 100 度就沸腾了

有多少蓓蕾

没有想清楚就绽放了

惊蛰无所事事

清明一头迷雾

杜鹃放逐杜鹃

有多少春天

比春天更远

有多少心愿未了

有多少心愿

始终没成为心愿

谁在月光下下网

捞起白花花鳞片

在春天

多少人心事重重

行色匆匆

多少人始终

不肯谈论春天

2019-03-16

美丽的

美丽的小公鸡、蝴蝶结、铅笔盒
带磁铁的那种
啪的一响
一扇门就打开了

美丽的梭罗河
美丽的雅芳河
美丽的拉普拉塔河
哺育了博尔赫斯、马拉多纳
圣马丁公园的蓝花楹
美丽的纳木错
穷尽我仓促的一生
写不出你的美丽

美丽的你
你的小公鸡、蝴蝶结、铅笔盒呢
你去过纳木错的
你骑过白牦牛的
你真美丽呀
那美丽的一瞬间
我是不会忘记的

2021-01-03

青是美好的

青松是美好的
它又瘦，又刚，又倔强
它是穷山沟孩子们
无言的老师
看我的！再饿再累
刮风下雨
都不能趴下了

青蛙是美好的
丹麦的安徒生
中国的曹文轩
还有很多很多人
都很喜欢它
它爱干净，爱生活
天生的歌唱家
它歌唱温饱
微不足道的幸福
将荷叶上的露珠
唱成萤火虫
将萤火虫
唱成牵牛织女星

青草、青苗、青燕子

青海湖、青藏高原、青春诗会
青青子衿，悠悠我心
但为君故，沉吟至今
朋友呀，你信吗
青是美好的
比美好的绿
美好的蓝
还要美好一点点

2020-09-06

辑 六

十八岁出门远行

十八岁出门远行

是十八岁的少年
不是十八岁的马
十八岁的马太老了
拍它的屁股
是个错误

一辆卡车私藏
一万颗苹果
是个错误
秦始皇那么狂
也没有私藏
一万个嫔妃呀

说是抢劫
不如说是婚礼
背井离乡的苹果
青苹果、红苹果
解脱了宿命与折磨
结束了风餐露宿

解脱了！苹果
解脱了！卡车
解脱了！穷人与病人

一辆辆拖拉机一往无前

开往耶路撒冷

解脱了！十八岁的少年

饥与冷

遍体鳞伤

温柔的月光

鼓励他茁壮成长

2021-05-13

黑骏马

呼啸而来
那气势，那力量
排山倒海
那浓浓的悲哀
从苜蓿草柔弱的叶片
从夜的边缘渗出来

乌云笼罩四野
惊雷与闪电
密谋又徘徊
暴风雨，暴风雨就要来了
终究没来
大草原恢复了宁静

小小的蝌蚪
沸腾了校园
孤单倔强的黑骏马
踢翻了一抽屉的
机械原理、机械零件
让 1982 年上学期
快结束的时候
有了些许新意

2021-05-14

是一阵风

是一阵风
打断了阅读与沉思
不是我

是一阵风
偷走了礼服与镜子
不是我

是一阵风
混淆了古今与中外
不是我

是一阵风
撵走了闲不住的叶绍翁
不是苍苔
不是红杏
当然
也不是我

2021-05-08

忘记我

忘记一朵蒲公英
柔弱又早慧的蒲公英
也曾漂洋过海
从宜兴飘落艾克兴

忘记一幕悲喜剧
天使与魔鬼
待宰的羔羊们
冥冥中自有天意

忘记所有美丽的错过
错过的居里夫人
错过的海轮
错过的祖国

忘记多年以前
许晴撒娇式的追问
以及多年以后
灿烂的羞涩与自得

忘记徐风
这个有心人
以忘记的名义

打捞起闪光的记忆

忘记辛丑年的南来风
蓄谋已久
突如其来
吹动了大江边的一株芳草
掠过芳草的一只萤火虫

2021-04-29

海明威

上马击狂胡
下马草军书

2021-05-10

川端康成

活脱脱一枚
流离失所的瘦金体

2021-05-10

伊豆的舞女

小小的伊豆
小小的舞女
小小的动作与表情
小小的心动
小小少年

小旅途
小邂逅
微风细雨
淡淡彩虹
在海与山的那边
海与山的这边
在过去
在现在
在将来

2021-05-14

绿皮火车

是他们的
不是我们的
是大平原、大草原、大兴安岭
天涯海角
西双版纳
塔里木盆地的
是四点零八分的北京的
不是许茂和他的女儿们的
不是香雪的

不是我们的
我们有水牛、水田、水渠
还有用脚吹奏
哗哗啦啦的水车
就足够了
有炊烟袅袅
鸡犬之声相闻
就足够了
一想到绿皮火车
不顾一切、浩浩荡荡的气势
山沟沟里的乡亲们
往往羡慕又庆幸
往往不寒而栗

2020-08-14

红河谷

伊丽莎白唱出了心声
流够了热泪
就完全解脱了
该干吗干吗去了
你这个好男儿
你这个负心人
你这个本质不坏、脑袋进水的家伙
你爱谁谁吧

爱德华一会儿感动一会儿冲动
抬头一看
咦，唱《红河谷》的好姑娘呢

然后，然后然后然然后
小伙子整个就傻了
还去淘金吗
还去从军吗
还漂洋过海到中国
到江汉大学读博士吗

2018-03-10

邮递马车

正午的风多好呀
正午的风风度翩翩
一路小跑一路哼着小调
不时飞到天上
不时在草丛翻着跟头

他跑在马车前头了
他落在马车后头了
他耐不住性子
悄悄钻进邮件里了
他心如鹿撞
嘭嘭嘭乱跳

踏踏的马蹄声近了
小木屋的呼吸急促了
幸福的人呐
你想哭，就哭出声吧
你看，你看
满山遍野的柠檬花开了
笑意盈盈的邮递马车也来了

2018-03-10

外婆的澎湖湾

轰隆隆、乱糟糟、闹哄哄

酒会、舞会、演唱会的间歇

风光无限的两枚帅哥才子

潘安邦与叶佳修

安静了一小会

叶佳修想修呀

潘安邦却不安

不安的帅哥缠住才子

谈了一整天

从日上三竿到晚风轻拂

都是关于外婆与澎湖湾的故事

外婆，澎湖湾

澎湖湾，外婆

口干舌燥

饥肠辘辘

潘安邦还在絮絮叨叨

没完没了

多么深情的帅哥

多有耐心的才子

白浪与沙滩

椰林与夕阳

嘴巴与耳朵

就这么耗着

没完没了

再耗下去

会出人命的呀

这一件较为私密的故事

发生在 1979 年

那一年

我国刚开始改革开放

我刚上大学

一位天使正翩翩舞动翅膀

即将降临人世间

2018-03-11

美丽的梭罗河

美丽的梭罗河
你有多美丽
多少少年唱呀唱呀
不知不觉就老了
多少少年听呀听呀
不知不觉就老了

美丽的梭罗河
你有多美丽
多少老人唱呀唱呀
不知不觉回到少年
多少老人听呀听呀
不知不觉回到少年

2018-03-10

辑 七

无意间

无意间（一）

无意间

重燃起炉火

烧去水分与杂质

把软的烧硬

把稀松平常

烧成不朽

一个小小的注释

烧出一代人

应该有的样子

无意间

收藏好春天

太阳的教诲

雨水的缠绵

七星瓢虫走过路过

写下的留言

大自然的风雅颂

五千年的文明史

不绝于缕的经纬线

无意间

遭遇一场豪雨

混淆了古与今

泥水与金银

客人们撑起了伞

行色匆匆

不解风情呐

好一个美丽的错误

2021-06-27

无意间（二）

种荷种柳种涟漪

种在墙上

种在天上

种在心上

无意间一抬头

撞入了桃花源

撞入了大寂静

窥见了天堂

藏书藏画藏金子

不如收藏春天

收藏流连在春天里

星星点点美好

沉鱼落雁闭月羞花

这芬芳，这颜色

这素面朝天的美人们

这无边羁旅中

可遇不可求的温馨与感动

在无意间

成龙成凤成虫鱼

或者庄稼

在无意间

家乡的泥土

500 年络绎不绝

转世投胎

在无意间

开口吧，说吧

了不起的先辈们

如何操劳

如何执着

如何灵光一现

如何率性而为

有什么不能够

有什么不可以

鳝鱼黄，鳝鱼青

一年又一年

一次又一次

亮瞎了俗人眼睛

就连一个又一个错别字

都那么妙趣横生

2021-06-28

黄龙湖遇暴雨

遇龙

龙盘虎踞

龙飞凤舞

龙马精神

500 年如一日

龙从黄龙湖出发

周游天下

也曾栖身茅屋

也曾盘踞宫殿

也曾偶遇光阴

说的还是汉川方言

遇金枝玉叶

来自彩云之南

它们出身名门

活色生香

唤作沉鱼、落雁、闭月、羞花

四大美人

不是俗人

俗人肉眼凡胎

读不懂美人的灵魂

遇暴雨

铺天盖地
不容回避
客人们撑起伞
撑开了记忆
收起伞
收起了功名利禄
半辈子累积的尘埃

2021-06-27

出

出土
花生、土豆、红薯
不出则已
一出一窝
白萝卜、红萝卜则不然
一个萝卜一个坑
独生子女真孤独

出栏
牛、羊、猪
鹅、鸭、鸡
七不情愿八不情愿
谁说动物没有情感
唉！人怕出名猪怕壮
出栏就要上刑场

出生
生不由己
生生不息

出嫁
喂，说你呐
你也不嫁她也不嫁

如何生不由己
生生不息

出钱
天下兴亡
匹夫有责
有钱出钱
无钱出力

出力
天下兴亡
匹夫有责
有钱出钱
无钱出力

出门
晴带雨伞，饱带干粮
种田，打工，经商

出征
养兵千日
用在一时

出山
出山吧！出山哟
某某不出

奈苍生何

出关
老子骑青牛
出函谷关
唐僧骑白马
出玉门关
闭关锁国这条路
是断头路

出师
木匠三年出师
铁匠、铜匠、泥水匠如何
八九不离十吧
怕就怕
出师未捷身先死
长使英雄泪满襟

出粮
出什么粮？
你再说一遍
我听不懂
哦，就是发工资呗
有话好好说
装什么大头鬼

2021-07-20

父亲这个人

懒人
懒得运动
懒得接受新事物
只用微信
只骑摩拜
只选大魔法师
只唱《同桌的你》
唱得还怪投入的

老好人
我认识的人
都说他好
有时一桌子人
就我说他不好
好什么好
就是一个和事佬
也不知道这些年
他是如何当一把手的
怕老婆的人
一开始就怕
怕到如今
一吵就举白旗
他到底有什么把柄

捏在母亲手里

自恋的人
一有机会就吹
什么爱学习，肯努力
一步一个脚印
一切都靠自己
难道就没有运气成分
没有贵人助一臂之力

一触即跳的人
可以说他懒
可以说他笨
说他随遇而安
不能说，千万不能说
他写的诗不行
我试了几次
狗急跳墙
兔急咬人
一副穷凶极恶的样子

2021-06-20

成　全

是《南来风》
成全了琼妮·麦顿

是《殇》
成全了杰奎琳·杜普蕾

是酋长岩
成全了亚历克斯·霍诺德

是汨罗江
成全了屈原

是你
成全了我

2021-06-18

一大早

一大早
孩子们就出远门了

穷人家的孩子
年成又不好
又不认命
一大早
孩子们就出远门了

也有早早回家的
有的背个包袱
有的空着手
有的受伤了，生病了
挂着拐棍

风雨如晦，鸡鸣不已
过午了黄昏了半夜了
好多好多孩子
好多好多年
都没回家

青山不老，绿水长流
孩子们呐

孩子们去哪里了

2021-05-20

时间到了

时间到了
他们纷纷出来说话

你听见了吗
你的时间到了

我也听见了
彗星与羽毛落了一地

2021-05-20

鸡犬不宁

鸡犬不宁
是好的
是自然的
先人们在山上
是放心的

鸡飞狗跳
更好了
更热闹了
过节了
来客人了
婚丧嫁娶了

怕就怕鸦雀无声呐
睿智老人回到村里
观察
担心
提醒

2021-06-01

颗粒归仓

仓鼠同意
仓库保管员同意
准确说，是不在意
他只在意工资、福利、耗损比

布雷东不同意
米勒不同意
飞行的鸦雀
步行的鸭鹅
当年的我
都不同意

当年我从地上拾起
麦穗、稻穗、红薯
突如其来
无边无际的喜悦
半个世纪以后
这美好的一切
我从纸上重新拾起

2020-01-09

在慌乱中

在慌乱中
孙行者变成了土地庙
尾巴变成旗帜
他多想骗过二郎神呀
在慌乱中

在慌乱中
在大名鼎鼎、威风凛凛
史茅革眼皮底下
霍比特人又一次
战胜颤抖
掏出魔戒
了不起的弗罗多
升级版的大卫王

在慌乱中
刘备躲过曹操
曹操躲过袁绍
袁绍躲过董卓
刘备、曹操、袁绍惊魂甫定
弹冠相庆
被不怀好意的罗贯中
逮个正着

在慌乱中

后主左拥右抱

龟缩进胭脂井

在慌乱中

崇祯仗剑披发

冲上景山

在慌乱中

B-59 艇艇长

阿尔希波夫中校

做出一生中

最困难的决定

用一支军队的羞辱

换整个世界苟且偷生

2019-03-08

另一些人

从锚地出发
驶向不透明的远方
再远一点
驶入风暴眼
再远一点
从一个风暴眼
驶入一个更大更猛烈的
风暴眼！可想而知
在大航海时代
死人翻船的事情
是经常发生的

多数人下定决心，不怕牺牲
留在了船上
千疮百孔的船上
与舵手与风帆
同生死，共存亡
另一些人惊魂甫定
犹豫着下了船
登上码头，涉过浅滩
隐入苍茫的人世间
回到从前

回到从前
从懵懂少年
回到懵懂少年
从心如死灰
回到心如死灰

另一些人下了船
卸载了动力与斗争
告别了悲伤与喜悦
在黑夜里，在阳光下
他们幸存的时间
相对较长一点
流汗，喘息
流泪，忏悔
这样的时间
相对较长一点

2021-07-16

人类的可能与可以

上一秒谈论基尼
下一秒谈论希尼
是可能的

上一秒研究歌德
下一秒研究都德
是可以的

允许飞
允许匍匐
允许英雄屏住心跳
允许无赖大口喘着粗气
允许正常人正常活着
正常呼吸

允许赤裸裸
允许含蓄
允许诗人写诗
允许诗人退避三舍
不参与与诗有关的话题

2021-04-28

给你的，都是最好的

给你的屋檐与饭碗
是最好的
给你的课本与镰刀
是最好的
给你的指南针与荆棘
是最好的
给你的聚光灯与伤痕
是最好的
给你的第一缕光
给你的最后一缕光
这都是最好的呀

童年的恐惧
少年的孤独
青年的彷徨
老年的无助
是最好的
硕果累累
然后空空如也
是最好的
滔滔不绝
然后相顾无言
是最好的

握紧，然后松开
跋涉，然后躺下
是最好的
信命运
信生活
信自己曾经幸福过
这都是最好的呀

2020-12-13

每次旅行都丢东西

大的都带走了
丢下小的
重的都带走了
丢下轻的
身体和随身的都带走了
丢下伸手够不着的

丢下泛黄的青春
丢下懵懵懂懂的心愿
丢下皱巴巴课本
丢下半拉子工程
丢下惊鸿一瞥
在落叶纷飞季节

丢下至爱的亲人
你也曾用力拉呀拉呀
使完了浑身的精气神
何时何地，何情何景
最后旅途丢下所有
一粒流萤微弱闪过
丢下蔚蓝色星球

2016-04-15

辑 八

你是爱中国的

你是爱中国的

你爱大熊猫
恨不得亲一亲，抱一抱
恨不得和它们一起打个滚
恨不得和它们一起
啃一啃新鲜竹笋
大熊猫一年年增多了
你那个高兴呐
跟自己荷包一年年暖和了
一样高兴
那么可以肯定
你是爱中国的

你爱祁连山
爱它的巍峨、险峻
积雪与流云
爱它星罗棋布的儿女们
徜徉在一望无垠的黑河湿地
你是欣喜的
耳闻大佛寺一声声燕子呢喃
你心动不已
那么可以肯定
你是爱中国的

你怀念袁隆平

决心好好吃饭

珍惜每一粒粮食

你惦记离家北上的象群

怕它们迷路了

怕它们误伤当地居民

你不时盘算着出趟远门

朝拜布达拉宫、博格达峰

在库布齐沙漠愉快劳动

种下骆驼刺、芨芨草

等候闻讯赶来的风雨彩虹

那么可以肯定

你是爱中国的

2021-06-09

不曾辜负

队伍出发了
一往无前
从三三两两到浩浩荡荡
不曾辜负号令
后来人成长、觉醒、跟上
不曾辜负先驱
一辈子匆匆忙忙
无怨无悔的奋斗
不曾辜负誓言
辽宁号、山东号航空母舰来了
神舟十二号飞船来了
这些庞然大物
不曾辜负小小的南湖红船

青山不老，绿水长流
不曾辜负锄头扁担
两弹一星不曾辜负
隐姓埋名的一群人
杂交稻、超级稻
不曾辜负袁隆平们
果实不曾辜负种子
幸福不曾辜负牺牲
可爱的中国

不曾辜负最可爱的人

这盛世如您所愿

您不曾辜负的

我们也不会辜负

2021-07-01

好好地

好好地吃饭
吃下别人的智慧与汗水
长自己的力气与品行
一声不响地吃
吃得干干净净

好好地默念
远方的种田人
在特别悲伤的日子
特别感恩那一位
找到金种子的人
他默念天下苍生
创造了奇迹
他纯粹，一生纯粹
他是一粒金种子
耐风霜耐贫瘠
他有朴实的外表
晶莹剔透的内心
好好地活着
活成一株超级稻的样子
在一样的土地上
开不一样的花
结不一样的果实

我行吗？试试吧
那颗星星在天上
看着你呐

2021-05-22

风　景

造风景时
天没亮
人没醒
一小块田地
一个隐隐约约
孤独的背影

看风景时
人多起来了
像丰收在望的稻田似的
大伙围着他
有说有笑
指指点点

刮了一阵风
下了一场雨
造风景的
看风景的
都不见了

2021-05-23

拉小提琴的人

抖落一身泥土
搓搓手
年轻的袁隆平
拉起了小提琴

凉风扑面
琴声悠扬
那是二十世纪的安江农校
某一个，无数个
黎明或者傍晚
年轻的袁隆平
为自己，为爱人
为不远处的试验田
拉起了小提琴

2021-05-24

青枝绿叶

有水则绿洲

无水则戈壁

在遥远的大西北

有河西走廊

有金张掖

有一望无垠的湿地

有青枝绿叶

迎风摇曳

有一种大美

铺天盖地

红柳红，沙枣香

杨树千手观音

一手握一枚太阳

黑鹳黑，灰雁灰

绿头鸭一只、两只、三只

不好！它们受到惊吓

逃进芦苇与菖蒲深处了

青枝绿叶

像最初的世界

一幅幅展开

戍边的人呢

引渠的人呢

栽花栽草流血流汗的人呢
受了委屈一声不吭埋头苦干的人呢
掩藏在风景深处
或者再远一点
消失在世界的那一边

2021-06-09

大好河山

精灵们的家
在云雾缭绕的祁连山上
它们有两家亲戚
住在山下
走得勤的亲戚叫绿洲
不常来往的亲戚叫戈壁

弱水三千
会不会干涸呐
不会的
往北再往北
1800 里之外
她的两个孪生孩子
听说一年年丰润了

燕子虔诚
高一声低一声
诵读佛经
龙与虎
不休不眠
守护八彩袈裟
天马成群
飘忽不定

忽而东渡

忽而西行

2021-06-04

白云之歌

向西，向西
深入风水的摇篮
白云的根据地

白云不容易
它出身草根
挣扎升腾
一轮又一轮凋零
微小概率幸存
超脱于滚滚红尘
俯瞰芸芸众生

白云有什么呀
比炊烟冷
比雾霾轻
空荡荡的
甚至藏不住
一只离群孤雁
白云无所事事
忽东忽西
或聚或散
偶尔黑黑脸
偶尔云蒸霞蔚

偶尔让游子仰望、发呆

浮想联翩

联想起坐井观天的日子

某一个人

某一件事

2021-06-01

金张掖

别处有五粮液

此处有九粮液

不愧为金张掖吧

九减五，等于四

来金张掖吧

金张掖祝你事事如意

到处是金子

闪闪发亮

闪烁在远处的祁连山

闪烁在眼前的居延海

闪烁在山丹丹开花红艳艳里

那里有不羁的军马

英雄城市的朋友弱水吟

闪烁在一望无垠

绿油油的玉米种子地里

120 万亩呐，什么概念

一年又一年

覆盖了辽吉黑、云贵川、黄淮海

全中国近一半的玉米地

闪烁在郝铠先生

不紧不慢的谈吐里

这位大高个育种专家
生命不息，育种不已
他育出了两粒金玉米
一粒唤作金源
一粒唤作金凯

他是一粒谦虚的
超级金玉米
他不紧不慢
金口玉言
明明是一亿
他偏偏说成——

2021-06-03

成都，成都

成都有大熊猫
武汉有白鳍豚
可惜呀可惜
淇淇没了就没了
而成绩生了成大
成大生了成风成浪

成都有三星堆
武汉有盘龙城
它们都源远流长
闪耀神秘的古文明之光
比较一下
三星堆似乎更为神秘

成都有武侯祠
武汉有黄鹤楼
黄鹤一去不复返
而武侯生前的战友们
钟情此山此水
安营扎寨不走了

成都有梁平、尚仲敏
以及他们的最爱

《星星》《草堂》，青花郎
我回武汉细细打听
唉！令人伤感
查无此人、此酒、此刊

2021－06－06

这是四点零八分的拉萨

想必玛布日山换了件新僧衣
纯银的
又薄又轻又软

想必龙王潭尘埃散尽
鼾声四起
又薄又轻又软

想必玛吉阿米也洗了睡了
在熟睡中
露出藏不住的欣喜忧伤
又薄又轻又软

在雅江飞天假日酒店
一位游子失眠了
哦，这是四点零八分的拉萨
这是我
缺氧
仍然继续活着
这是我的大拇指
食指
中指
无名指

小拇指

2020-10-26

一个人射了一箭就跑了

一个人
有姓有名的人
一支箭
深仇大恨的箭
还有一匹马、一顶帽子、一件披风
混淆了黑白
瞒过了光天化日
以及光天化日之下的
众目睽睽

这一人胆大包天
这一箭惊世骇俗
朗达玛倒下了
吐蕃王朝倒下了

一个人射了一箭就跑了
他跑到了哪里
宫殿还是寺院
洞穴还是荒野
史书上没有记载

史书上只有说明
某年某月某日

山南洛扎拉隆寺僧人

拉隆·白吉多杰射了一箭

一个人中箭倒下了

一个王朝中箭倒下了

2020-10-23

山南山南

不是桐柏山以南
不是大别山以南
不是幕阜山以南
不是的
是冈底斯山以南

一尾红鲤鱼
从长江来到雅鲁藏布江
心跳加速
心动不已

冈底斯山以南
大美的山南
天高地迥
无际无边
不管不顾的白
肆无忌惮的蓝
杨柳青葱
杨柳枯黄
杨柳岸边无风无浪
只见吉祥
不见牛羊

山南、乃东、泽当
一万年前、十万年前
神鹰见证了神迹
雅砻河找到了雅鲁藏布江

桑耶寺、雍布拉康、雅拉香布
赤裸的山脉、河床、大地
摊开的唐卡、贝叶经
一尾红鲤鱼
来了又走了
看了又忘了
留下无尽的茫然
无尽的羞愧

2020-10-23

玛吉阿米

太平盛世
确凿无疑
这么小的阁楼
这么多的男女
他们是慢的，自在的
光明正大的
我左顾右盼
看不出一丝暴戾之气

一摞一摞日记
你一页，我一页，他一页
小小的忧伤
小小的欣喜

一位落款董小姐
今年二十八岁
下半年计划孕育小宝宝
这个小小心愿
实现应该不难

一位自称四川游客
他是很有才的
今天来吃饭

吃的不是饭
吃的是诗与远方

那么小的阁楼
那么多的男女
成群结队的多
成双成对的少
至于落单的孤雁
我左顾右盼
没有发现呀

2020-10-24

冈巴拉山上

闭目，吸氧，深呼吸

在 4700 米高处

深呼吸

聊胜于无

聊以自慰

天堂、神迹、圣湖的诱惑

羊卓雍措

听说在不远处

肯定在不远处

起伏高低

曲折蜿蜒

走吧！不可犹豫

一路随行的

有沉默寡言的司机顿点

有低垂的云朵

潜伏的水分子

有蓬松的荨麻

羞怯的小画眉草

不甘心的中华草沙蚕

2020-10-23

身不由己

六天了
车上，桌上，床上
骑了一回白牦牛
五分钟，二十元

身不由己

想走快点，走远点
大脑同意
心脏强烈抗议

身不由己

想深夜踯躅街头
沐浴久违的星光
想偷跑进柳树林
编一顶柳条帽
戴在头上
想独自一人
赤脚蹚过雅鲁藏布江
边怀想
边歌唱

唉，所有这一切
不过想想而已

2020-10-24

潮州东门客栈

黑白照是好的
黑白照容易混淆
活着的与活过的
说过的与想说的
挥舞禅杖的花和尚
与捧起书本的鲁智深

没一口古井
显然不行
窥探
则不如倾听
姑娘，阴间有何动静
有何消解不了的冤情

母与女
笔刀与三角叉
肃静与回避
是纸糊的
手机不离手
如砣不离秤
是真实的
他们的爱与痛
习惯与路线

全在里面

有抓拍
有摆拍
有光泽
不容置疑
有六七件瓷器
被稀薄的人间
暂时宠着
被寒风一点点侵蚀着

2020-11-29

火车开过武夷山

晴朗天，雷雨天
大红袍，白开水
说说笑笑，寂静无声
火车开过武夷山

有人上车
有人下车
有人凭空消失了
连个纸条也没留下
火车开过武夷山

火车开过武夷山
开往大山深处
开往大海深处
开往黑洞、虫洞深处
成为菜青虫
成为粉蝶
成为卵
成为零

2021-02-16

忆桂林

不下雨
不打雷
不出大太阳
只吹微微风
吹拂柔柔的蓝
蓝色的漓江
蓝色的伏波山
独秀峰
七星岩

吹动我爱人
天蓝色连衣裙
她那么美，那么好
她亭亭玉立
我目瞪口呆

兴冲冲的
千里万里
从哈尔滨
来到桂林
见我的心上人
见到的那一刻
手足无措了

2020-11-08

忆咸宁

炉火熊熊

锻锤隆隆

轻度地震与污染

来就来吧

日复一日

不足以损伤

华工牌合金钢

淦河水真清亮

餐条鱼钻裤裆

我们狗刨，潜水，看夕阳

退烧了

醒酒了

跌进青龙山水库了

工友们也烟消云散了

老冯调回广州

小庞窜到杭州

亚西混进蒲纺

早早找到了纺织姑娘

我手不释卷，学而不厌

考到了哈尔滨

唉！我真笨

摔倒了九十九回
也没学会滑冰

2020-11-08

忆哈尔滨

有点冷
有点匪气
有点马大哈
有点海阔天空
有点一去不复返

哈工大七号楼 325 寝室
有业余诗人
熊猫咪咪
波斯猫咪咪
小猪胖胖
小狗瘦瘦
许大马棒
白云苍狗，光阴如梭
上述绰号快要失传了

许大马棒老有才了
会拉小提琴
打乒乓球
下围棋
不光会
还精得很呢

说到麒麟才子
小岳岳就来气
说到围棋
业余诗人就来气
兴冲冲来到哈工大
一唠上嗑
许大马棒就要让先
咳！让了又让
我输了又输

许大马棒老有才了
可惜死得太早了
如果他活转来
相视一笑
手谈一局
还在乎什么输赢呢

2020-11-08

在余村

苏东坡先生错了
居有竹
必定食有肉
反之则不一定
你不信
去余村看看好了

吴昌硕先生活了
活在十字名言之上
活在八十八吨巨石之上
你不信
去余村看看好了

余脉、余地、余村
清澈溪水
苍翠植被
地老天荒相随
小何说，似乎说了几遍
毛竹浑身是宝
一年四季可取
两年更新一次
是取之不尽
用之不竭的

余脉、余地、余村

余音袅袅

护送我们出湖州

过绍兴

抵南京

2020-08-20

在燎原村

不能不肃静
不能不肃然起敬
这山，这村，这些人

不能说
风流总被雨打风吹去
不能这么说
不能这么虚无

不能这么谈论
十年增长
百年梧桐
千年银杏

不能这么谈论
裸心堡的主人们
从前的苏格兰人
当下的南非人
将来的什么什么人

不能这么谈论
莫名其妙
在莫干山下

抬头是一种仰望

低头也是一种仰望

2020-08-20

在深澳村

偏东，偏南
偏暖，偏淡
偏绿，偏青
好呀！绿水青山
金山银山

偏古老
完整的故事
必须从周幽王、周平王开始
深澳村
申屠氏
可惜行程匆匆
来不及刨根问底

偏年轻
九品香莲
来自台湾
灿烂，又有内涵
不久前插队落户
刚过水土不服关

偏顿号、逗号、感叹号
更偏疑问号

七百年的银杏树

三雌两雄

郁郁葱葱

再过七百年

又会怎么样呢

2020-08-19

图书在版编目（CIP）数据

在水一方 / 李强著. -- 武汉 ：长江文艺出版社，
2022.3
　　ISBN 978-7-5702-2475-3

　　Ⅰ. ①在… Ⅱ. ①李… Ⅲ. ①诗集－中国－当代
Ⅳ. ①I227

　　中国版本图书馆 CIP 数据核字（2021）第 261238 号

在水一方
ZAI SHUI YI FANG

责任编辑：谈　骁　　　　　　　　责任校对：毛季慧
封面设计：祁泽娟　　　　　　　　责任印制：邱　莉　　王光兴
封面题字：周韶华

出版：长江出版传媒　　长江文艺出版社
地址：武汉市雄楚大街 268 号　　　　邮编：430070
发行：长江文艺出版社
http://www.cjlap.com
印刷：湖北新华印务有限公司

开本：880 毫米×1230 毫米　　　1/32　　印张：9.625　　插页：4 页
版次：2022 年 3 月第 1 版　　　　2022 年 3 月第 1 次印刷
行数：5238 行

定价：58.00 元